不再急躁的萨拉

Zara's Time to Grow

耐　心 | patience

［澳］肯·斯皮尔曼/著　［新加坡］陈俊强/绘　彭安琪/译

四川科学技术出版社

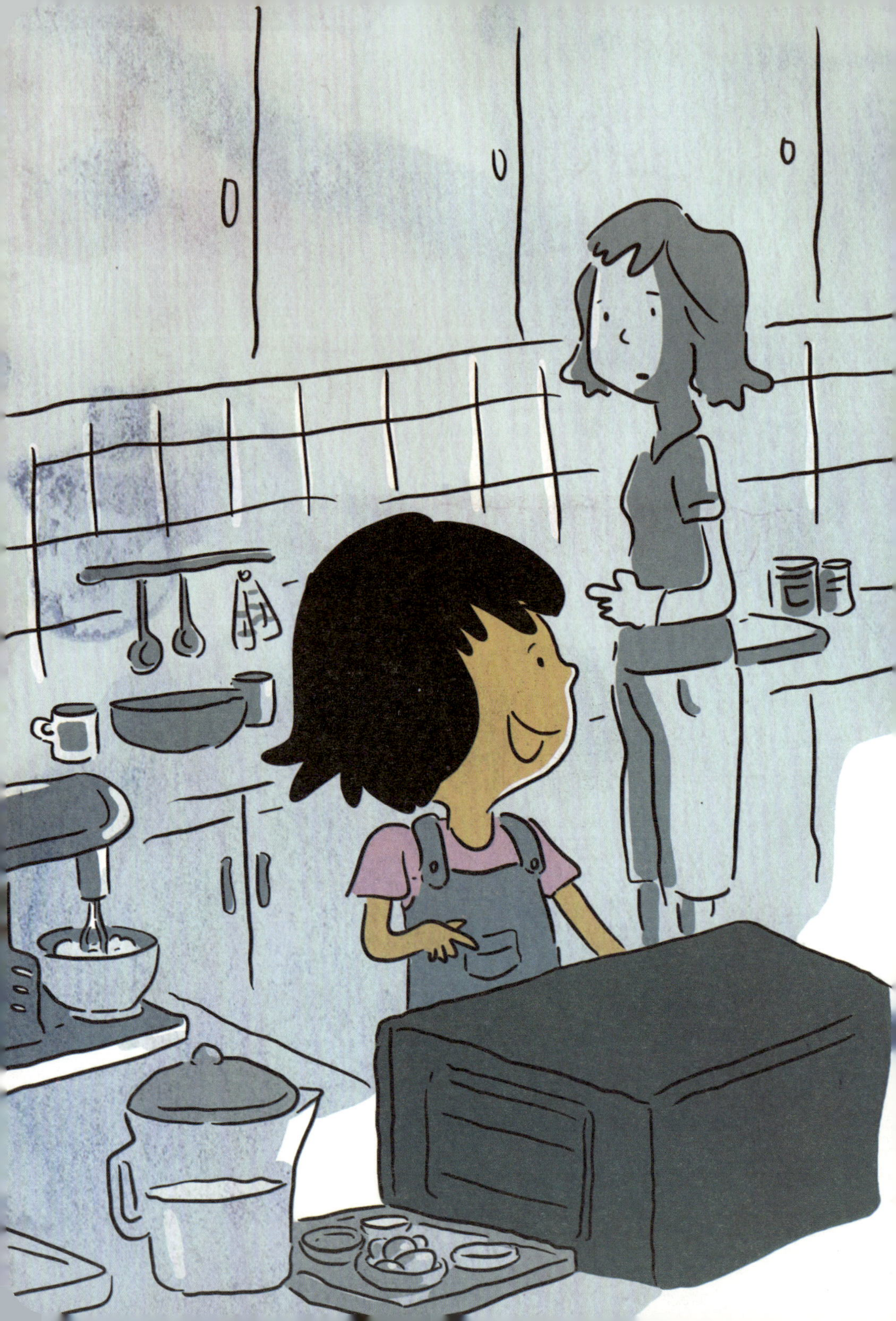

第一章

"好了!肯定好了——我看得出来已经好了。可以拿出来了吗?"

萨拉喜欢跟妈妈一起烘焙。她喜欢电动搅拌机"咔嚓咔嚓"的声音,喜欢在所有调料添加完毕后舔美味的勺子。她也喜欢吃热乎乎的蛋糕和饼干。

萨拉唯一不喜欢的是盯着钟表或等待计时器的铃声。

"快看啊，明明已经好啦。"萨拉坚持道，恨不得把脸贴在烤箱的玻璃上。萨拉戴上烘焙手套，握住烤箱拉手，打开了一条缝隙。

她朝妈妈喊道："妈妈，是金黄色了，很漂亮的金黄色！膨胀得也刚刚好！我们把它拿出来吧。我现在就拿，好吗？"

妈妈看了一眼时间。

"噢,萨拉,别这样——你不会打开烤箱让热气漏出来了吧?至少还要五分钟才能好——可能要十分钟。但是如果你让热气漏出来了,你可能要……"

"但是,妈妈,已经好了呀,你看!"

"莎莎,蛋糕可能看起来是好了,但里面还是湿漉漉的一团呢。拜托你,再耐心等一等。"

"又要等！"萨拉心想。

还有比这更糟的事吗？

萨拉讨厌等待她不希望发生的事情，只想快快了结它们。而等待她期待的事情更糟糕。

在萨拉看来，发明等待的人和发明功课的人一样讨厌。

萨拉在厨房跳上跳下。

"妈妈，我不想等蛋糕烘干了。我想现在就把它拿出来！"

"再等五分钟。"妈妈回应道。

但是萨拉不依不饶地缠着妈妈，妈妈让步了。

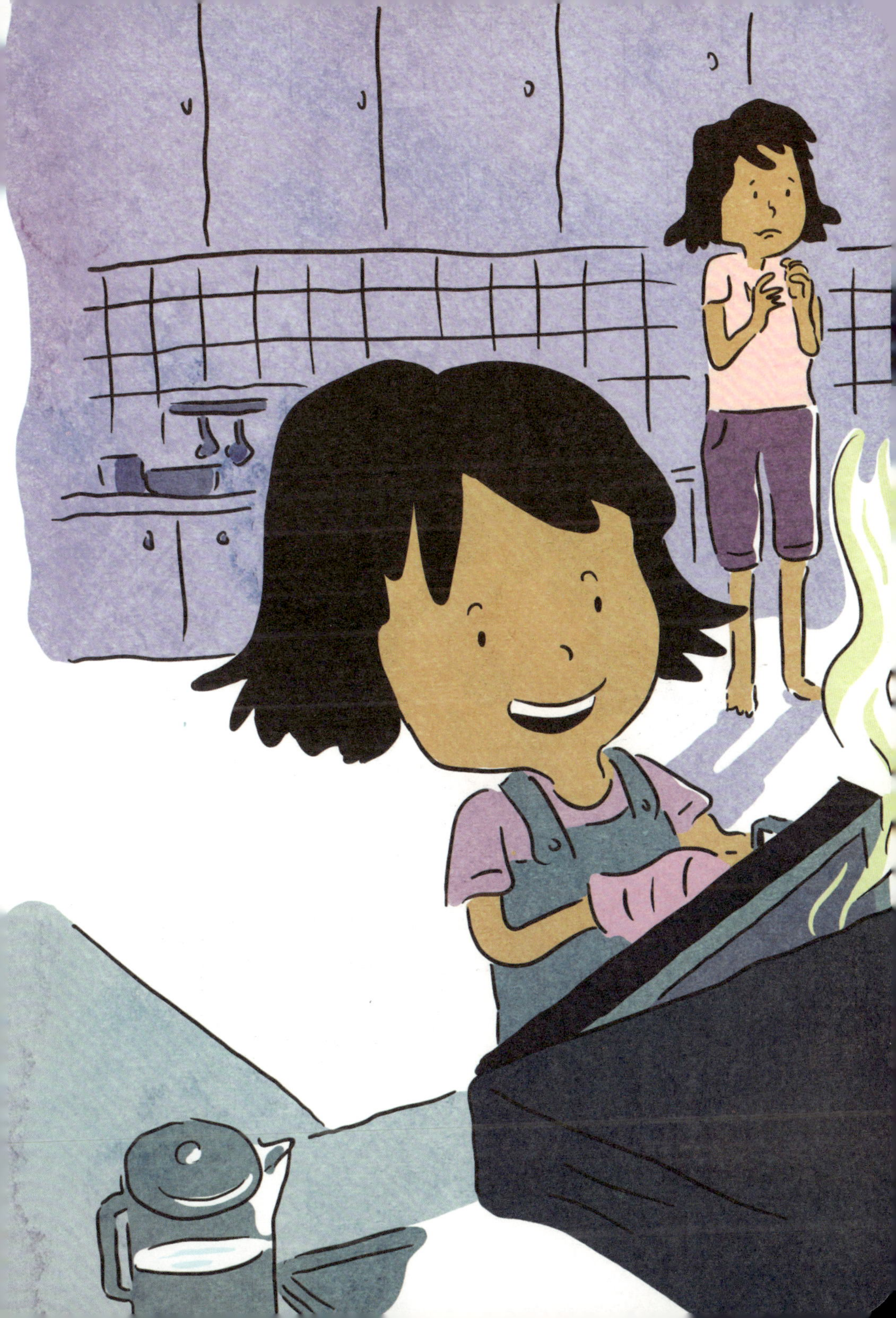

萨拉得意地看着蛋糕。蛋糕顶部鼓鼓的,香味充满了整个厨房。

再也没有比这更棒的蛋糕了。

当萨拉满心期待着蛋糕冷却下来，品尝自己杰作的那一刻，蛋糕竟然开始坍塌了。

蛋糕中间不断凹陷，就像一只泄气的气球一样。

妈妈把手放到萨拉的肩膀上。"我跟你说过的，莎莎。我真希望你能听进去呀！"

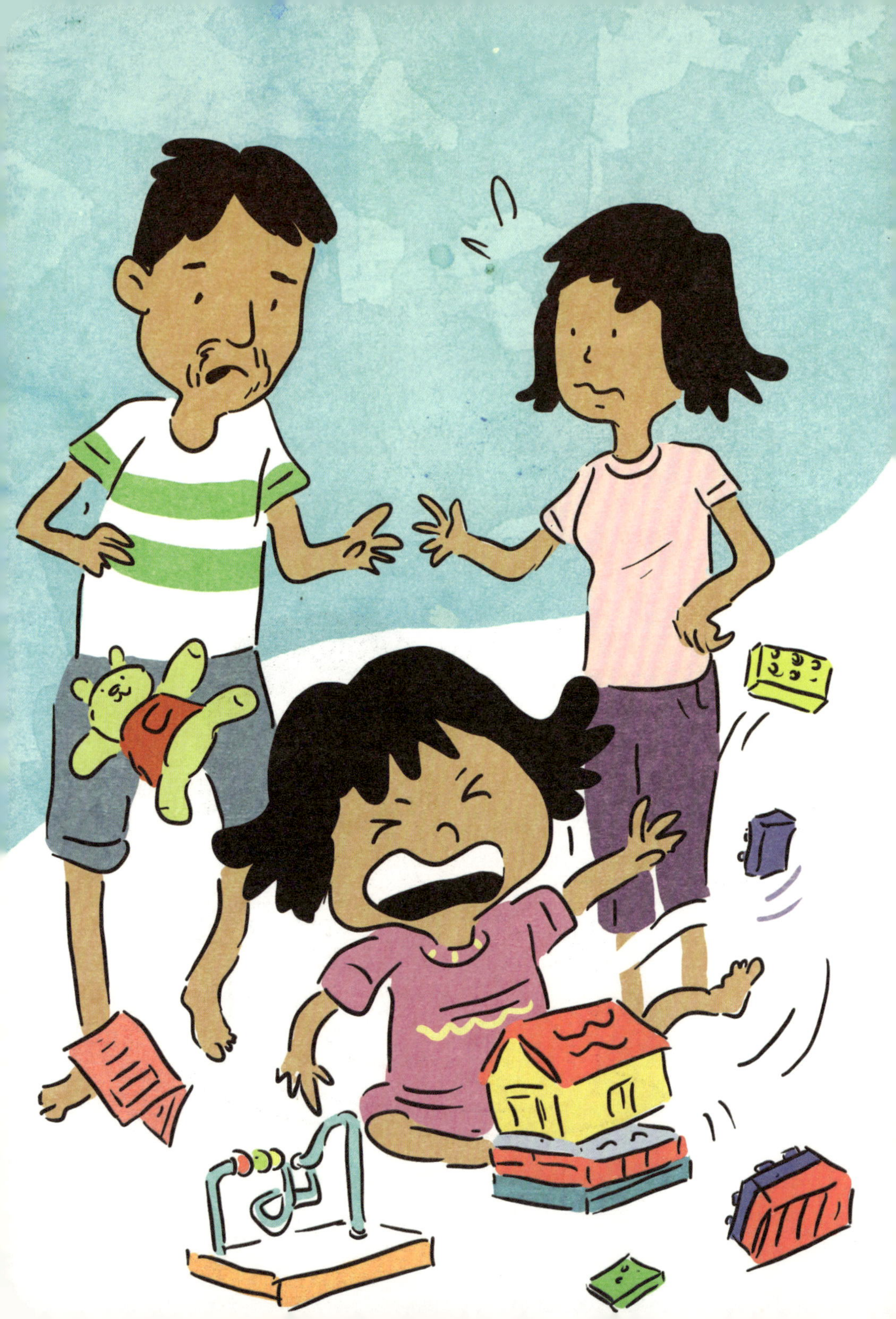

第二章

萨拉从小就是个急性子。

在她还是小婴儿的时候,她的爸爸妈妈可是为她吃了不少苦头。现在她长大了一些,他们可以跟她讲道理。有时候她能听进去,但大多数情况下,无论爸爸妈妈说什么或做什么,她都无法冷静下来耐心倾听和等待。

萨拉的姐姐法拉总是乐此不疲地逗她。

"爸爸正准备给妈妈一个惊喜。"法拉可能会说,"他不让我告诉你,因为他知道你保守不了秘密。"

或者是——

"你的生日礼物真是棒极了,你肯定会很喜欢的!"

对萨拉来说，这真是不折不扣的折磨。法拉对此心知肚明。

但凡萨拉想用她的任何东西，她都会让她等。"好啊，你可以玩我的手机。"她说，"但是在五点以前你不要烦我。"

萨拉的祖母对任何事情都能说出一番道理。

"耐心等待之人，总有好事降临。"祖母把这句话挂在嘴边。

她还有另一套说辞：

"忍耐是一种美德。"

当祖母给萨拉解释这些话的意义时,她也说忍耐总会得到报偿。

"但是,奶奶,"萨拉争论道,"爸爸说早起的鸟儿有虫吃。如果鸟儿不及时行动的话,它会挨饿的!"

祖母笑了。

"这话有时候没错。"她承认道,"有句谚语也叫——早快的有,晚慢的无。但是,必要时能够等待是很重要的。对必须花费时间的事情操之过急是没用的。"

萨拉觉得她懂了。

但是她怎么才能改掉自己的急性子呢?

祖母提出帮萨拉培育一个阳台花园。

"没什么能比花园更好地培养耐性了。"祖母对妈妈说,"你不能强迫一株植物快速生长,尚未成熟的生姜挖出来也没用。如果摘下太过幼小的花苞,它们就永远不会盛开。"

妈妈对祖母的计划能否成功深表怀疑。

"我了解萨拉。"她说,"如果这个花园第一天没有什么起色,她就会厌烦。但我们还是拭目以待吧——任何方法都值得试一试!"

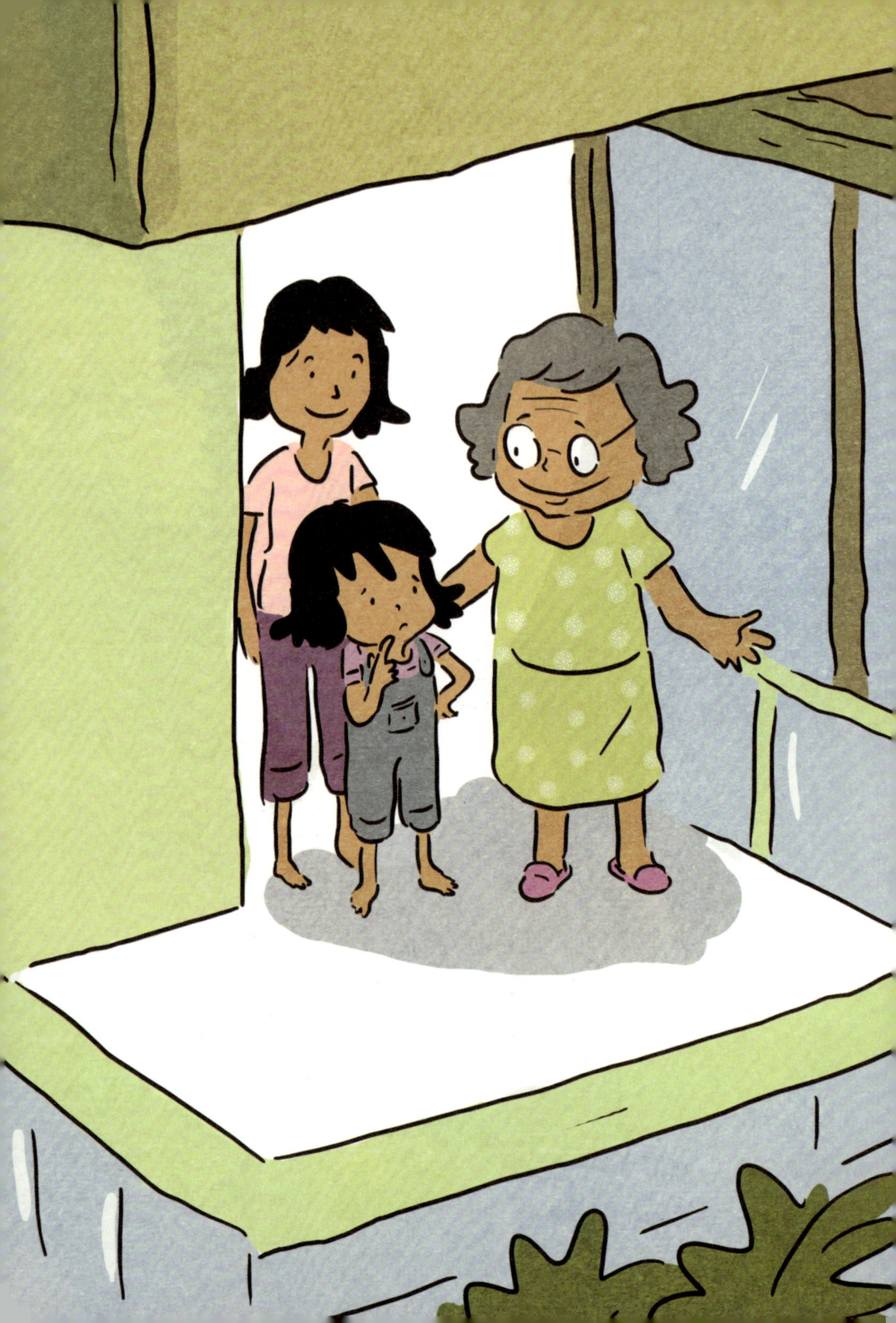

第三章

　　妈妈说祖母是园艺高手。从萨拉记事以来，祖母就不停催促妈妈把阳台充分利用起来。

　　如今妈妈同意祖母和萨拉一起开垦阳台，祖母更加兴致勃勃。

首先，快递送来了一个大花盆，里面种着一株矮矮的柠檬树。柠檬树被推到阳光最充足的地方，祖母给了萨拉六株草莓幼苗，要她栽在树的周围。柠檬树旁边的小盆里还种有番茄和辣椒。

阳台栏杆下面，长长的花槽种上了豆子、秋葵、卷心菜、萝卜和一些香草。

几周内,阳台就变成了一座俯瞰城市的小小绿洲。

花园看起来棒极了,萨拉没完没了地谈论着它。

萨拉希望花园快快繁茂。

豆子和种子似乎要等到天荒地老才会破土发芽。

等它们长大就更加遥遥无期了。萨拉拔出了即将长叶的卷心菜,卷心菜很快就死了。她又继续把香草一棵棵摘下来。

草莓开花了，萨拉一股脑儿地给它们浇水，指望它们能快快结果。水不断从花盆里渗出来，在地面上形成了一个小水泊，吸引了各种各样的昆虫。

金龟子咬烂了蔬菜的根，象鼻虫把即将成熟的草莓吃了个精光……

祖母给植物喷上了防虫药,但于事无补。

"没关系,萨拉。"祖母安慰道,"我们可以驱逐这些害虫,然后再种一些植物。园艺就是一个犯错并改正的过程。吃一堑,长一智。"

水、植物和昆虫也吸引了小鸟。有一天,萨拉看到一只鸟儿正在筑巢。巢筑在阳台上靠近天花板的角落里,就在她小小的柠檬树的正上方。

"这是只麻雀,"爸爸告诉她,"它们随处可见。它的同伴肯定就在附近——它们总是成双成对地筑巢。"

姐姐法拉出来观看，但她并不高兴。

"噢，这下好了。等她的小鸟孵化以后，我们就会被它们叽叽喳喳索要食物的声音吵个不停。"

"别这样，法拉，你应该学着欣赏大自然。"爸爸责备道，"我们都是整个生态系统的一部分，你知道。新生总是充满惊喜。

等你看到雏鸟宝宝有多可爱你就知道了!"

　　法拉并不着急,她不在乎等多久。

　　萨拉希望麻雀蛋马上孵化。最好昨天就孵化了!有时候,萨拉会看到麻雀滚动它的蛋,或者整理鸟窝里面的羽毛软垫。有时候,它会飞走一会儿。

　　萨拉多么想踩在柠檬树花盆的边缘看一眼鸟窝里面的情况啊!

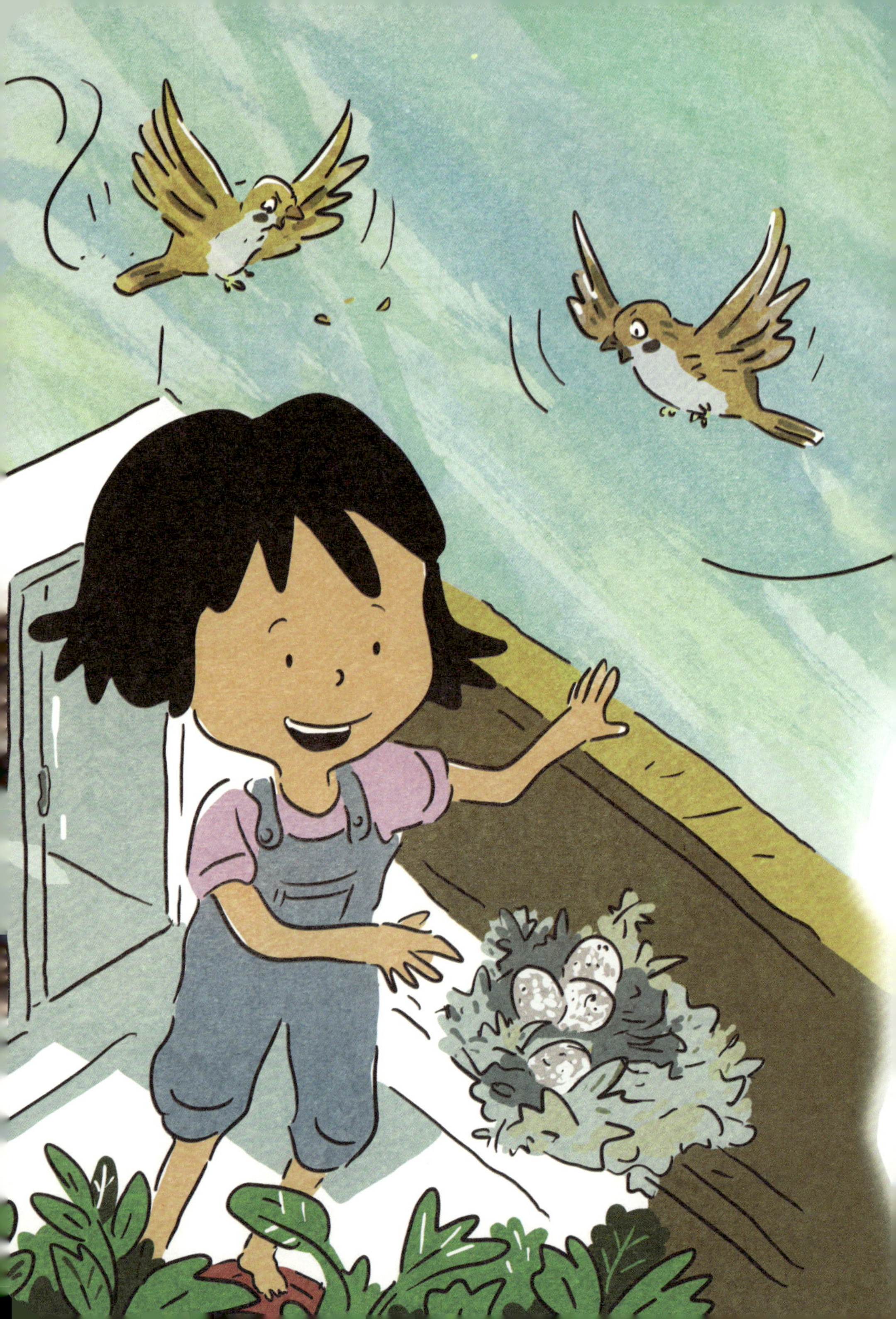

第四章

　　萨拉等不及了。

　　她爬到高处看到鸟窝里有四个小小的鸟蛋，形状不一，带有褐色的斑点。它们就像一条精美的大项链上镶嵌的彩珠。两只麻雀在阳台上惊恐地飞来飞去。有一只落下来，它拖曳着仿佛受伤的翅膀，试图吸引萨拉的注意力。

萨拉伸手拿起其中一枚蛋。蛋暖暖的、滑滑的。萨拉从花盆上爬下来想更仔细地观察一番，没想到薄薄的蛋壳被她捏碎了。

　　蛋液从鸟蛋中流出来。萨拉看到蛋黄当中夹杂着一丝丝的血液。她吓得尖叫了一声，蛋从手中抖落。

法拉跑过来。看到一地狼藉中隐约可见的粉红色的小生命一动不动,她目瞪口呆。

"这是你干的,是不是?你应该知道,它们还没到孵化的时候,对不对?这下子麻雀妈妈肯定会抛弃她的巢穴了。我还以为你喜欢那些麻雀呢!"

萨拉捂着脸大哭起来。不一会儿,爸爸和祖母出现在门口,祖母紧紧地拥抱住萨拉。

"萨拉就是不能多等一下。"法拉说。

"别对妹妹这么冷漠。"爸爸对法拉说,"你没看见妹妹有多难过吗?"

爸爸说得没错——萨拉心都碎了。但是萨拉也知道，姐姐说得对。她由于缺乏耐心，做了一件很大的错事。

再也不会这样做了，她想，再也再也不会了。

"快看,"祖母温柔地说,"我们都很难过,但是麻雀妈妈回巢了。剩下的蛋会没事的。快看看这些豆角啊,亲爱的!你没有告诉我那些……"

萨拉抬头看了一下鸟巢，又低头看了一下阳台栏杆。一个，两个，三个……事实上，许多豆荚隐藏在茂密的心形叶片中。

"我们可以摘一个下来吗？"爸爸问道。

"不可以。"萨拉坚定地说，"它们还没成熟呢。"

从那天起，所有人都看到了萨拉身上的变化。如同她的阳台花园，和外面整日嗷嗷待哺的三只小麻雀一样，她是时候成长了。

法拉还是喜欢挑战她的耐性。在美味的蛋糕即将出炉的时候，萨拉还是会坐立不安。

但是她学会了控制自己——祖母的目的达到了。

大家一起来讨论

1. 在蛋糕还在烤箱里的时候，如果你有机会跟萨拉说话，你会跟她说什么？

2. 故事中提到的俗语"忍耐是一种美德"以及"早起的鸟儿有虫吃"，这两句话是什么意思？它们有什么区别？

3. 当萨拉的植物开始生长的时候，她采摘了卷心菜，给草莓过度浇水，结果卷心菜和草莓怎么样了？

4. 为什么等待麻雀蛋孵化对萨拉来说是件困难的事？当萨拉不小心弄碎其中一枚蛋的时候，她是什么感受？为什么？

5. 当姐姐法拉看到碎了的鸟蛋时，她对萨拉说了什么？这番话对萨拉有帮助吗？

6. 当萨拉弄碎鸟蛋的时候，爸爸试图安慰萨拉。如果你是萨拉，那时你会有什么感受？

7. 花园里的豆荚正在成熟，萨拉却没有采摘它们。为什么？

8. 故事中萨拉的经历教会了她耐心的重要性吗？你认为她今后还会焦躁吗？

9. 在字典中查找"耐心"这个词。举例说明什么是耐心的话、耐心的行为或举止。

10. 你是否认识缺乏耐心的人？设想在某个情况下保持耐心起到的积极作用。